學好英文
沒有捷徑

細水長流‧小題大做

李家同

我發現坊間有很多非常吸引人的書，這些書一概都是暢銷書，因為書名都告訴我們，學英文，有捷徑可找。我每次演講，卻總是唱反調。我認為讀英文雖非難事，但一定要花時間，必須細水長流。我的想法很特別，和流行的想法完全不同，因此有很多聽我演講的人，勸我將我的想法寫成一本小書，給大家參考。

這本小書，也談了一些我教英文的經驗，好比說，要如何教小孩子學英文？我認為教小孩子學英文，最重要的只有兩點：

Ⅰ. 反覆練習：

英文畢竟不是我們的母語，不容易記得其中的規則，但是如果常常反反覆覆地練習，英文就自然而然地學會了。

Ⅱ. 小題大作：

我們國人念英文，常不注意小節，以至於寫英文文章的時候，會犯很多基本錯誤，這些錯誤卻又是致命的錯誤。因此我認為老師們教英文，不能對每一個規則都只有蜻蜓點水，而必須小題大作。如果老師們能夠如此，國人寫英文文章，就不會犯大錯了。

念英文，沒有捷徑，細水長流，才能念好英文。反覆練習，小題大作，才能學好英文。

這是我學英文和教英文的經驗，拋磚引玉，野人獻曝，供各位參考也。

目次

第 1章 你的英文程度

我 們全國好像都在注意一件事：要如何將英文學好。所以我現在首先給你做一個測驗，這一個測驗多多少少可以讓你自己知道你的英文程度怎麼樣。請將字典放到一邊去，念一下以下的這一段英文文章：

閱讀

When I was a little child, I fell in love with playing

basketball. Whenever I had some leisure time, I would find a court to play. I have been doing this all along. Finally I became a professor. My students often kindly invite me to play basketball with them. Regretfully, I found out that I am too old to be involved in this kind of sports. Twice, I almost got hurt. The students were embarrassed. I switched to tennis playing after I became forty years old and have been doing so ever since. I have never been hurt by playing tennis.

　看了以上的文章以後，請再看以下的文章：

Many people miss the old movies because they are far less violent than the present ones. Besides, they seldom exhibit scenes which are not suitable for little kids to see. It is so sad that many famous movies made for kids nowadays are still full of violence. In the "Toyland", we can see a child having a habit of chopping heads from toys. From any point of view, beheading is cruel. Why should a movie totally designed for kids have such a violent scene？

　如果你看了這兩篇文章，發現自己已經可以看懂這類文章，可以慶幸了，因為你的英文程度其實已經不錯，可以安心了。以後只要繼續努力，就可以看懂更深的文章。看懂這兩篇文章，你已通過了「初級」的測驗。

　現在我給各位看幾篇文章，如果你不查字典而能看懂這兩篇文章，你應該已有「中級」的程度。

Israel and European Union have failed to resolve a row over Israel's controversial barrier in the West Bank. A high level talk took place in Israel while Israel was very angry at EU's opposition to the barrier, which many other countries agree. The Israel Foreign Minister expressed his doubts whether Israel could, in the future, consider EU as a trusted partner. Yet the EU representatives expressed EU's deep concern over Palestinian's humanitarian needs. Earlier, the International Court, which has no binding power, ruled that the barrier being constructed by Israel, violates international laws. The United Nations General Assembly then voted overwhelmingly for the removal of the barrier. The UN Security Council has not yet considered the case.

There was a terrorist bombing in Bali, Indonesia, years ago. After that attack, the Indonesia government passed a new law against such kind of crimes. The government also used this law to prosecute the arrested suspects. Today, the highest court in Indonesia ruled that it is unconstitutional to apply this law because laws cannot be retrospective. Obviously, the suspect would have to be tried again by using some laws which existed before the attack.

如果你已經看懂了以上的兩篇文章，你不妨再試試以下這兩篇文章：

This is really a spectacular story of greedy company executives, incompetence of government officials and corruption of both. It has caused one of the larger banks in Germany to the brink of bankruptcy. It involves a complicated establishment of shadowy companies whose sole purposes were to conceal high amount of company losses, and many high-level government officials who have conveniently ignored warnings from auditing reports that a scandal may break out at any time.

The BGB financial scandal in Germany is as dramatic as the Enron case in the United States. In the U.S., the case caused a public outcry. Criminal investigation followed and Arther Anderson, the accounting firm responsible for auditing Enron simply collapsed. In Germany no such things surfaced. The public was indifferent and the government response was lukewarm at best. In fact, many people suspect that the government is engaged in an effort to cover up the case.

＊＊＊＊＊＊＊＊＊＊＊＊＊＊＊＊＊＊＊＊＊＊

Among all developed countries, Denmark is the most

egalitarian one. This country endeavors to make sure that its citizens are equal in economic sense. Almost a third of GPP of this country is devoted to the so-called social transfer, uplifting the lower income people to a higher social level. Because the gap between the rich and the poor is so small, Denmark is also a peaceful country. Its government is one of the cleanest ones in the world, together with Finland and Iceland.

Denmark, as expected, is not the sole country which is altruistic and pays attention to the low income people. Finland, another northeast European country, boasts the smallest discrepancies between the best performing and worst-performing students.

如果你毫無困難地念懂了這兩篇文章，你已經非常好了，

也許可以不需要再念這本書了。

聽力

　　以上是閱讀的部分。英文程度當然不止於閱讀，聽力也有其重要性，但如何測驗出聽力的好壞呢？我有一個辦法，首先，你去找任何一位朋友，當然他一定要是個英文還不錯的人，然後從以下的句子中選一些來念給你來聽，他不妨慢慢的念， 而且每一句不一定要一次念完，可以將一句話分成幾個片段，你聽了以後，應該在紙上立刻將你所聽懂的寫下來。

1. California is a lovely place. The weather is always good there.

2. I saw your father yesterday in the library. He was reading newspaper there.

3. I love classical music.

4. It is spring now. If we go to the countryside, we will see

a lot of beautiful flowers.

5.　A storm hit Taiwan yesterday and it damaged many roads.

6.　When I was a little child, I liked to play the violin. I was lucky that I got one as a gift.

7.　Mathematics is difficult to many kids. But it has never been difficult to me.

8.　I wrote a letter to you yesterday. Did you receive it ?

9.　What happened to you ? I called you many times and you never answered.

10.　This river is the longest in the area. But it is often dry.

11.　Dogs are faithful to their masters. Cats, on the other hand, do not pay much attention to anyone.

12.　We all have to know how to use computers. Yet it is not so easy to do so.

13. Good scientists are often curious people.

14. Have you seen that movie？ It is not very good.

15. I do not like songs written by him.

16. From the window, I can see the town covered with snow.

17. There was a fire in the city last night. Luckily, no one was hurt.

18. I started to swim when I was seven years old. I can swim very well now.

19. We should always be kind to others because we like others to be kind to us.

20. I believe he is a bright kid. He just needs encouragement.

如果你能聽得懂，其實你的聽力已經不錯了，可以說初級及格了。

現在，你可以找一位朋友讀以下的任何一篇文章，你最好事先不要去讀這些文章，完全由你的朋友慢慢地念，看你能不能聽懂。千萬不要事先看，事先看就很容易聽懂，更不能事先查字典。

Poverty to a nation is like a disease to a person. A poor society must be a sick one with all kinds of symptoms of illness. For instance, there will be more crimes and also more social instability. Once there are a large number of poor people in a country, their children can seldom be well educated. When they grow up, they cannot be very competitive and therefore become poor again. This is why the poor usually get poorer. A vicious cycle is thus created and we may say that poverty is inherited from generations to generations.

* *

If we hear government officials talk, we will often hear them talk about high technology. Actually, they seldom truly understand what high technology is. To those people, high technology usually means technologies related to electronics. To me, many so-called electronic industries have no sophisticated technologies at all. In fact, we should define a high technology to be a technology which is so hard to surpass. For instance, suppose that a company has done research in producing something for many many years. They have accumulated so much experience that any other companies can hardly compete with them. The technology owned by this company is by all means a high technology because it would be very hard for others to get into this field now.

　　如果你能輕而易舉地通過了這項測驗，你已有中等聽力，相當不錯了。

　　什麼叫做高級聽力呢？這很簡單，如果你能聽得懂BBC，CNN，ICRT，或任何一種英文的新聞廣播，你就通過高級聽力測驗了，這些廣播員念稿子的時候通常念得很快。如果你在對方念得如此之快的情況下，仍然能聽懂他在講什麼，那你就真的很厲害了，在我國，只有極少數的人能有此能力。

寫作

　　以上講的是你的英文「聽」的能力，現在我要測試一下你的英文寫作的能力。談到寫作，我們常常談到文辭的優美等等，有的時候，也會談到文章的結構問題，但這都不是我所要講的重點。我們是中國人，寫英文文章，要做到文辭優美，談

何容易？能夠不犯英文文法上的嚴重錯誤，已經快半條命送掉了。所以我不在這裡談你的英文文章是否文辭優美的問題。至於文章結構呢？這已和英文無關，因為任何一篇文章都有起承轉合的問題，一個人的邏輯很清楚，文章自然就會寫得有條有理。你的英文再好，如果條理不通，當然也寫不出什麼好的英文文章來。所以我也不在這裡講你的英文文章結構好不好。

我所關心的只有一項：文法有沒有嚴重的錯誤。如果你的文法不好，你的英文寫作就根本不用談了。現在我要做一個簡單的測驗，在下面的一段英文文章裡，凡是動詞，我都留空白，等你填進去，因為英文的動詞千變萬化，有時候該用過去式，有時候用現在完成式，不能搞錯的，你現在必須將正確的動詞填進去，而且要注意英文動詞有時要用被動語氣的。如果你對哪一個字不熟悉，儘管去查字典。

When I _____ (be) ten years old, I _____ (give) a bicycle _____ (ride). I

_____ (thrill). I, of course, _____ (ride)
it to school then. Besides, I suddenly _____
(become) very diligent. Before I _____ (have)
the bicycle, I _____ (be) quite reluctant
_____ (buy) things for my mother because I
_____ (have) _____ (walk). Now,
since I _____ (have) a bicycle, I would
_____ (buy) things for her with great enthusiasm.

* *

My Ph.D. advisor _____ (be) a blind person.
He _____ (be) blind ever since he
_____ (be) eighteen years old. Yet, the
_____ (lose) of rights _____ (not hurt)

him as he even _____ (get) his Ph.D. degree
from M.I.T. All his life, he _____ (be) a pleasant
person and always _____ (interest) in many
things. He rarely _____ (ask) for sympathy
because he _____ (not believe) that sympathy
_____ (work).

＊＊＊＊＊＊＊＊＊＊＊＊＊＊＊＊＊＊＊＊＊＊

I _____ (be) _____ (interest) in
mystery novels ever since I _____ (be) a child.
At the very _____ (begin), I _____
(focus) on Sherlock Holmes. As I _____ (grow)
older, I _____ (notice) the existence of Agatha
Christe. I must _____ (admit) that to me, she

_____ (remain) the greatest detective story writer in the world. Lately, I _____ (start) _____ (read) mystery novels _____ (write) by John Dixon Carr. His novels _____ (be) definitely the most _____ (baffle) ones.

　　正確的答案可以在本書的附錄一找到，你做得對不對呢？如果你犯很多錯的話，我只有說，你的英文寫作能力是很有問題的。

　　有關「說」的能力，還不需要我來做任何的測驗，你一定自己知道。

第 2 章 為什麼你的英文程度不夠好？

19

在上一章，我已經用十分簡單的方法使你知道你的英文程度究竟如何，如果你的英文能力不太好，現在不妨來想想看，為何如此？我可以給你一個簡單的答案：你的生字不夠多，而且文法念得不夠好。

生字和閱讀的關係

首先，就談閱讀能力，如果你通過了某級的閱讀測驗，而沒有通過比較高級的閱讀測驗，第一個原因恐怕就是你的英文字知道得太少了。我們不能規定別人寫文章的時候，只可以用少量的字，這是不可能的。

我們每個人都經過這一個階段的，我總記得我剛進大學的時候，看到了厚厚的英文教科書，簡直嚇壞了。看書變成了查字典，幾乎每一頁都密密麻麻地註滿了查過的生字。現在我的研究生報到以後，就要看很多論文，這些可憐的學生也是一天到晚在查字典。

不論你是學哪一行的，如果你說你的英文要夠好，最起碼的就是要有能力看懂報紙。單單看懂報紙，就不容易了，不要說社論，就是一般的新聞，也不容易看得懂。

我在下面舉一個例子，這一段新聞是有關所謂「獵龍專案」

的，照說，這段新聞沒有牽涉到外國地名和人名，應該是非常容易的，但其實也沒想像中容易。

Police will continue combing the mountainous Tainan region looking for two heavily-armed fugitives who managed to escape the sting operation set up by hundreds of cops after fierce fighting early yesterday morning. Two gunmen were arrested while four policemen were injured in the firefight.

Top police officers, including National Police Administrator Hsieh Ying-tang and Criminal Investigation Bureau chief Ho You-yi, were personally in charge of the operations, which they dubbed the "Dragon Hunting Project."

Police had been closely monitoring the movements of

kidnapper and fugitive Chang Shih-ming and his followers for about one month before launching the attack at midnight Sunday.

Initially they tailed Chang's Volvo car, which was robbed from a pawn shop owner in Kaohsiung City, but did not take action for fear of endangering pedestrians in the ensuing chase.

After following Chang to his hideout at Taliao in Kaohsiung County, police called for more reinforcements.

就以這篇文章來說，有一些字就不容易了。

comb

mountainous

fugitive

sting

cop

fierce

arrest

criminal

investigation

bureau

in charge of

dub

kidnapper

launch

rob

pawn

pedestrian

ensue

reinforcement

這些字如果不認識，你就不可能看得懂任何英文報紙了。

以上是國內新聞，也許還比較容易，我們看一下一篇外國新聞吧！

The European Union has urged the United Nations to threaten Sudan with sanctions over the violence in Darfur. A statement by 25 EU ministers said that the UN should pass a resolution if the Sudanese government did not rein in Arab militias blamed for atrocities. The Security Council is debating a US-sponsored resolution imposing sanctions on the militias and their sponsors. Sudan's foreign minister criticized the EU move as unbalanced and said "We don't need threatening."

About a million people have fled their homes and thousands have been killed since the conflict started last year. The UN has described Darfur as the world's worst humanitarian crisis. Thousands of refugees will die of disease and starvation unless more aid is sent urgently, a relief organization warned on Sunday.

　　這一篇文章有關一個國家Sudan的事情，如果你不知道Sudan，你恐怕就弄不清楚這篇文章在講什麼了。Sudan是「蘇丹」，這個非洲國家，連年內戰，造成了很大的災難，要看懂這篇文章，你不能不知道以下的英文字：

European Union
United Nations
sanction
minister
resolution
rein in

Arab

militia

atrocities

debate

sponsor

impose

criticize

conflict

humanitarian

crisis

refugee

starvation

urgently

organization

我希望大家知道，這些字都是非常普通的字，你是無法避

免這些字的，也許你會說，這些字是有關新聞，假設我所讀的
無關什麼新聞，而是有關日常生活的，會不會不需要那麼多的
生字呢？其實一篇有關個人的小事仍然會牽涉到很多的生字，
以下是一封信，信上講的全不是大事，但是裡面仍然會有不少
生字。

My Dear Son:

I just received your letter yesterday. It appeared that
you did very well in your mid-term examinations.
Congratulations. Your father and I are quite proud of you.

Let me tell you something which may disturb you. Your
father had a car accident last week. He was hit by a car as
he was riding his motorcycle to work. The car was
originally to the right of him. It suddenly swirled and hit
your father from the right. He was thrown to the air and as
he fell, he was seriously injured. In fact, he was unconscious

for several hours because of the concussion. Luckily, some passersby called the police and an ambulance rushed to the scene. He was sent to the University Hospital nearby and was in the intensive care unit for totally two days. Then he had to go through two surgical operations for his bones were broken.

I knew that you were going through a grueling examination which is important to you. Therefore, we decided not to call you. Your brother did come home immediately and he helped a lot. The doctor said that your father can be discharged within a week. Of course, he will be confined to bed as he cannot even stand up.

Your Mother

生字量對閱讀有絕對的影響

　　以上講的全是有關閱讀和生字之間的關係。我們有時看到有人覺得他不會聽英文，也不會講英文，因此他就去上坊間的會話班。總以為只要花了錢上會話課，看到洋人，就可以充分表達自己的想法，也可以聽懂對方講什麼。其實，如果你生字不多，你是很難表達自己意思的。假設你上星期瀉肚子，或者得了重感冒，你會用英文講你的經驗嗎？如果你最近去過苗栗的山區喝咖啡，你能用英文指點人家去那裡嗎？你只要想一想，就知道這絕非易事。如果你會做一道中國菜，你會用英文講嗎？你恐怕連「炒」這個字就不知道如何說，更遑論翻譯那些材料了。

　　記得我剛去加州大學念書的時候，因為是新生入學，我要通過體格檢查一關。校方給我一張紙，上面全是病的名字，我如果生過那個病，就要勾選一下。但我一個病的名字也不認

得，只好大筆一揮，從左上角畫到右下角，表示我這些病一個
也沒有生過。那位工讀生看了以後，長嘆一聲，說絕不可能。
加州大學有很多外國學生，相信那些外國學生向來搞不清楚病
的英文名稱，因此他大概已經是見怪不怪了，我一直到現在仍
然弄不清楚病的英文名稱。

　　我們有時會有一些聽力訓練的課，這些課都有些用，但是
如果你的生字不夠，我相信你怎麼樣也聽不懂對方講什麼的。
就以英文的新聞廣播而言，我們總不能禁止廣播員提到一些外
國國家的名字，舉例來說，以色列的英文名字是 Israel，南斯
拉夫是Yugoslavia，希臘是Greece，如果你不知道這些地名，
你不可能聽得懂英文新聞廣播的。更何況我們的新聞裡總要牽
涉到一些有關政府機構的名詞，比方說，我們不可能避免提到
「國會」（Congress或Parliament）、「調查局」（Bureau of
Investigation）、「外交部」（Ministry of Foreign Affairs），
「安全理事會」（Security Council）等等，如果你沒有這一類的

字彙，你的聽力是不可能好的。

　　所以我們可以說，如果你的英文生字不夠多，英文聽、讀、說、寫都會造成問題的。

文法不懂就「讀」不懂

　　在以下，我要說，除了生字以外，文法也是很重要的，首先，我從閱讀開始，你不妨讀一下以下的句子：

It should be no surprise, that in the two years since Foreign Policy magazine and the Washington-based Center for Global Development launched their commitment to Development Index, which measures how much the world's 21 richest countries help its poorest countries, the Netherlands has always ranked first.

以上的這一段文章雖然很長，其實只有一句話，這種句子雖然不多，但是常常出現。碰到這種句子，你的文法如果不夠好，就可能發生不能分析的情形，也就是說，你可能找不到這句話的主詞和動詞，這下子，你就可能完全不懂這句話的意義了。

我們也可以看看以下這一段話：

Anger remains high, especially in Europe, over Bush's reluctance to concede that he erred on Iraq despite the overwhelming evidence—most recently in a report by the GOP controlled Senate intelligence committee—that the main cause for war was without foundation.

這一段長達數萬言的文章只是一句話，只有一個主詞和一個動詞，如果你的英文好，你就看得懂，你的英文文法如果不好，恐怕你就完全搞糊塗了。

文法不好就「寫」不好

以上都是有關閱讀的部份，如果你要寫英文的文章，而文法不好的話，那事情就更嚴重了。我們做教授的人最怕看學生寫的英文學術論文，因為絕大多數的這些論文都有嚴重的文法錯誤。

你一定會問什麼叫做文法的嚴重錯誤。說起來很有趣，這些錯誤都是很基本的，最常犯的錯是動詞，如果主詞是第三人稱單數，而時態是現在式，動詞就應該加 s，這個規則在國中就應該已經學過，但是能夠絕對不犯這個錯誤的人卻少之又少，也許你會記得說：

He likes to swim.

但你會說：

The Government often make mistakes.

這句話的主詞 "The Government" 是第三人稱單數，而且

顯然是在現在式的狀況之下，但是你就是會忘記在動詞make的後面加 s。

除此之外，我們常犯的錯誤之一是兩個動詞連在一起用。比方說，我們中國人常說「我是愛你的」，因此就有人寫出以下的句子：

I am love you.

這是犯大忌的，因為 "am" 和 "love" 不能連在一起用。

我最近和一位同行討論一個問題，他的回信的第一句話是：

I was think about your problem.

這件事令我傷感不已，這位同行學問相當不錯，但是寫出來的英文句子裡有如此嚴重的文法錯誤，實在遺憾。我們可以想知他如果寫英文的論文，會遭遇到什麼樣的困難；他如果寫信和外國人討論學術上的問題，也會遭遇到麻煩。

令我納悶的是：我們不是花了很長時間上英文課嗎？國中

三年，高中又三年，為什麼學生仍然犯這麼嚴重的錯誤？關於
這點，我會在以後的章節討論。

文法不好也就「說」不好

　　以上講的都是有關英文寫作能力的部分，你當然會同意，
英文的寫作能力和文法程度有關。文法不好，一定寫不出好的
英文文章。那麼英文「說」的能力呢？說英文，也不能文法錯
得不像話，雖然對方大致可以聽得懂你的意思，但對你而言，
總是很丟人現眼的事。

　　信不信由你，如果你會寫，你自然就會講──如果我們小
的時候就會寫簡單的英文句子，就在小的時候會說簡單的英文
句子；大了以後，如果我們會寫英文文章，就幾乎會長篇大論
地發表演說了。反過來說，如果你一直不會寫英文句子，我就
不信你能和人交談。

　　因此，我們可以毫無保留地說，英文文法是很重要的，如

35

果文法不好，不僅有時會在閱讀的時候會錯了意，更可能在寫

文章和會話時，犯下嚴重的錯誤。

第*3*章 如何增加英文生字

37

我在前面談了英文生字的重要性,現在我要談談如何能夠增加自己的生字,我先從小孩子說起。我們國家有不少英文一直沒有學好的人,為什麼呢?奇怪的很,他們的致命傷是他們一開始學英文的時候,就遭遇困難了。什麼困難呢?困難點是不會發音,也就是說,看了一個英文字,多半不會發音,老師上課雖然一再反覆地教一個生字,他事後就是仍然不會念。

熟悉自然發音來記憶生字

很多人認為我們必須教音標，我認為這是不切實際的想法，因為小孩子學音標，絕不容易，等於再學另一種語言，也是一種二度傷害。

不僅如此，我認為我們總不能一天到晚隨身帶一本英文字典。英文夠好的人，在文章中看到一個字，從前沒有看過，只要看看前後文，就可以猜到字的意義，而且八九不離十。同時也一定可以猜到這個字的發音，絕大多數的字我們不會猜錯。如果你沒有這種能力，我只能下個結論，那就是你的英文程度有問題。

英文發音，有這麼困難嗎？其實不然，因為英文雖然不是一字一音，但是很多字的發音是可以猜出來的，舉例來說，假設我們學會了 "at" 的發音，以下所有的字的發音，都可以預測了：

bat

cat

hat

mat

pat

rat

再舉一個例子，假如我們學會如何念 "it"，我們就會念：

bit

fit

hit

lit

sit

wit

所以我建議你不妨大膽地根據你的經驗來念英文生字。你

當然可以去學音標，可是你一定要知道，你一定要能看到字，就幾乎可以猜到這個字的發音。如果你無此能力，你必須好好地練習，將這種功夫練好。

每週念一段文章來增加生字

會了發音以後，我們唯一增加生字的辦法就是多念文章，我希望大家知道，如果你讀《紐約時報》（*New York Times*），《時代雜誌》（*Time*），《新聞週刊》（*Newsweek*），或者《經濟學人》（*Economist*）的時候，不需要查字典，你就夠厲害了。如果你無此能力，看到了這些雜誌和報紙上的文章，發現有一大堆的生字，你就該加油了。

我建議你按照你的程度來增加你的生字，我的研究生每週必定會增加至少20個生字，有一部分來自專業的論文或教科書，絕大多數來自上網去看BBC和CNN News。

每一個人的英文程度不同，如果要增加生字，選的文章必

須適合程度，我建議你每週看一段英文文章，這篇文章的難易和長度由你的生字來決定。在我看來，每週增加20個生字就可以了，若有困難，至少也要增加10個字。現在很多人都有電腦，你應該每週將這些生字用電腦記下來，過一陣子，你不妨去看看你過去認為是生字的英文字，相信你會發現：你當時怎麼連這麼簡單的字都不會。

我的研究生必須將他們每週學到的英文生字給我看，我每週都看這些徒弟們的生字，這些生字對我而言，很少是生字，換句話說，我都認得這些字，但我並非生來就如此。記得我大一開始看英文教科書的時候，每一頁都查滿了生字，我還記得我們的物理教科書是英文的，但台大圖書館裡有中文翻譯本，我們全班每個人都去借，大考過後，每人都去還，所謂兔死狗烹也。那時候我也偶而打開《時代雜誌》看，我的記憶是覺得這真是天書。但是大概在我三十多歲的一天，我忽然發現我看《時代雜誌》早已不需要查生字。我當時感到十分困惑，為什麼

從前會如此地怕《時代雜誌》。

假如你每週看一段文章，增加了10個字，一年下來就會增加500個字。如果你持之以恆，10年內就會增加5000個字。如果你每週增加20個生字，5年內就增加5000個字了。

也許你會問，你要背這些字嗎？如果能背，當然很好，但不必如此的，我建議你將這個字記錄在檔案裡就可以了。因為這個字如果是常用字，它會再出現的。大多數的人，查三次字典，這個字就忘不掉了。如果這個字從此以後不再出現，你記不得它的意思，也沒有多大關係，反正這個字一定是不常用的字。

以上的建議是對生字不夠的人用的，總有一天，你會發現其實你根本可以不查字典的。你只要看看前後文，就會猜到這個字的意思。最近我在英國的報紙上一再看到一個對我來講很怪的字 "dossier"，我過去沒有看過這個字，可是望文生義，我猜是「卷宗」的意思。今天為了要寫這本書，我終於去查字

典，果真是卷宗。

　　還有一個字 "jihad"，我猜它是「回教聖戰」，我一直沒有去查這個字，我以為這種字一定是字典裡查不到的，沒有想到這個字可以查到，而且果真是聖戰。

　　提到查字典，有人主張不看任何文章，而用一本字典來增加生字量，這是千萬不可做的事，因為我們要增加一個生字，一定也要知道它的用途，而且一個字如果出現在一篇文章之中，它多多少少有被我們記憶的價值。如果你用字典，你可能在記憶一個很少有人用的怪字。不僅如此，讀文章的另一個功能是學習英文句子的句型，如果只讀字典，是不會有這個功效的。

　　還有一個問題：我們該用英漢字典，還是英英字典？我的經驗是：如果你英文非常好，當然可以用英英字典，否則就用英漢字典。因為用英漢字典，你可以比較清晰地瞭解到字的意思；用了英英字典，萬一英文解釋又很難，豈不是越弄越糊塗了。

第4章　如何學好英文文法？

45

透過文法學外語有其必要

　　我知道很多專家反對教英文文法，他們認為洋人學英文，不用文法書，還不是將文法學好了！為什麼我們可憐的孩子要學文法？我希望大家知道，如果你有一個好的英文學習環境，也就是你週遭的人如果人人都會講英文，那你當然可以不學英文文法，因為一切都是非常自自然然就學會了。

我們中國人的孩子到了美國，很快地就學會了講英文，也不會犯什麼錯，因為他有那種學習的環境。如果我們在台灣，平時沒有人用英文和我們交談，又完全不學文法，那我們要不犯錯，是非常困難的，我甚至可以說這是不可能的。

我過去念初中（當時沒有國中的義務教育，初中就等於現在的國中）的時候，是有一本簡易的英文文法書的，不知何故，現在衆多的國中老師不用文法書，那學生如何學習文法呢？當然是靠國中的英文課本，我們現在不妨檢討一下我們的英文教科書。

我國的英文教科書有一個偉大的共同特色，那就是裡面沒有中文解釋，為什麼如此？大概是希望學生學英文時，要將中文忘得一乾二淨，在一個百分百的英文環境之下學英文，學到的英文才紮實，其實這是完全不切實際的。我在此舉一個例子，我發現國中生就要學現在完成式。英文的現在完成式其實是很難用得很對的，很多同學搞不清楚現在完成式和過去式有

何不同。我去翻了非常標準的國中英文教科書，發現這本教科書的確有關於現在完成式的教材。在國二下的某一課中，忽然出現了好多現在完成式的例子，然後在課本結束的地方，給現在完成式下了一個定義，也沒有解釋在什麼情況之下絕對不能用完成式，就結束了一課。為什麼如此呢？不能用中文是唯一的原因。現在完成式是很難懂的，用中文解釋，都很困難，如果用英文解釋，那是絕對不可能的。因為這是給國中二年級的小孩子看的，所以就索性輕描淡寫地介紹現在完成式，這種方式的介紹當然是不夠的，難怪這麼多同學不會現在完成式了。

需小心英文動詞

英文文法最麻煩的部分是動詞，在動詞上犯錯，常常是致命的錯誤。英文的動詞是很麻煩的，我們念英文入門課本的時候，句子永遠是現在式，大多數人也習慣性地用現在式，因為他們以為現在式最為簡單，用現在式是最自然的事，沒有想到

現在式才是很少用的，以下的句子幾乎是錯的：

I heard that you do not come.

這句話正確的講法是：

I heard that you are not coming.

還有一些我經常看到的錯誤句子，像：

I do not read any paper this week because I was sick.

應該是：

I did not read any paper this week because I was sick.

也許有人說，用過去式大概總不會錯吧！其實用過去式，是更容易犯錯的。舉例來說：

I loved you.

這句話的真正意思是：

I loved you before. But I do not love you any more.

至於以下這句話，那就更事態嚴重了：

My son was such a lovely boy.

這句話有兩種可能的意義：（1）你的兒子過去的確很可愛，但現在不再可愛了。（2）你的兒子已經過世了。這兩種解釋都是很嚴重的，恐怕也不是你的原意。

一些常犯的典型錯誤

英文最大的麻煩是兩個動詞不能一齊用的。可是我們向來對於一個字是否為動詞，還是名詞，向來不太在意，所以我們會漫不經心地寫下：

I like swim.

應該是

I like swimming.

同學們會犯這種錯，最重要的原因是因為在中文「游泳」可以是動詞，也可以是名詞，英文裡 "swim" 是動詞，like和swim連在一起，就錯了。

還有一種經常犯的錯是以下的句子：

He is a boy swims every morning.

正確的句子是：

He is a boy who swims every morning.

為什麼會有這種錯誤呢？這是因為在中文，"who" 是完全沒有意義的，你翻譯上面這句英文句子的時候，不必翻譯 who，既然沒有意義，當然就容易忽略。

英文的否定句子也是很奇怪的，比方說，你不能說：

I not saw my father last night.

而一定要說：

I did not see my father last night.

因此有的人會寫出以下句子：

He does not be a good student.

偏偏這又是錯的，因為一碰到 verb to be，我們就必須在動詞後面直接加 not了，所以以下寫法是正確的：

He is not a good student.

說起來，我們每一位學生在念大學以前，都要念整整六年的英文，奇怪的是：為什麼我們絕大多數的大學生在寫英文文章的時候，仍然錯誤百出呢？而這些錯誤都是非常基本的，比方說，以下的句子都是我們大學生經常會寫出來的典型錯誤的句子：

My uncle drive to work every day.

He did not went to school.

He has sleep all day.

He has been disappeared twice.

I must to work hard.

The number of poor people increase.

The U. S. have been a powerful country for a long time.

They do not get out of it.

They are fall to the ground.

After the Second World War, Europe becomes a

peaceful continent.

There were many wars occurred in Asia.

Europe have been a beautiful place.

He seems to cannot play basketball.

They criticizer the government.

為什麼錯？

為什麼經過六年的英文教育以後，還會有這類嚴重的錯誤呢？原因很多，且由我一一道來。

第一個原因是因為我們雖然考英文文法，但是卻不注意學生文法的基本觀念。也就是說，我們會將英文考得很難，使學生們學會做很多很難的題目，至於基本觀念呢？大多數的老師不管這些，因為國中升高中，不會考這種基本文法的題目；高中升大學，更加不會考這些題目，不考的結果使得同學基本觀念一直不好，而老師卻一直都不知道。

　　第二個原因是我們的考試永遠是選擇題，選擇題是很難考出學生真正的程度的。如果我們常常叫學生做簡單的翻譯、或者造句、或者寫一段短文，學生的真正程度就被老師找出來了。如果老師發現了學生犯了文法的錯誤，還應該親自告訴他——我曾經碰過很多學生，他們說他們從來沒有遇過一位老師，會告訴他們犯的是什麼錯的。

　　第三個原因是我們的文法教科書其實是很深的，對於學生所犯的基本錯誤，絕大多數的文法教科書隻字不提。我們要知道，這些文法教科書和英美文法教科書差不多的，這些書的作者做夢也沒想到我們會犯這些錯誤的。不相信的話，不妨查查文法書裡有沒有談到以下幾個英文文法的幾個基本規則：

1. 主詞為第三人稱單數，而時態為現在式時，動詞必須要加 s。

2. 兩個動詞不能連在一齊用。

3. 助動詞 do, will, can, must 等等的後面都要用原形動詞，也不可加 to。

53

　　因此我勸告你一定要注意你的英文基本文法的規則，不能只注意文法中的難題，而一直犯一般老師不太理會的小錯，其實這個小錯，絕非小錯，而是致命的大錯。比方說，你的英文句子中如果忘了在動詞後面加 s，其實是非常嚴重的；如果你將兩個動詞用在一起，也是嚴重的大錯。

第*5*章　我如何學英文的？

誰都知道我國的英文程度有雙峰現象，有些非常好，也有大批的同學英文程度非常差，對於這些看到英文就害怕的同學，我一直非常同情。因為我自己的經驗是，英文雖然難，也沒有這麼難，不應該弄成這樣子的。

　　我小的時候，有時候會感到數學或者物理有些難，有些物理觀念，始終搞不清楚，只好亂混過去。可是我這一輩子從不怕英文，我從小就記得動詞在某種條件之下，一定要加s，我也

從未將兩個動詞連在一起用。長大以後，看再難的英文書，只要查過了生字，一定會懂句子的意思。

小學時老師用「反覆練習」的方式教學

為什麼我念英文沒有問題呢？我可沒有進過什麼全美語的補習班，小的時候從未接觸過什麼洋人，想來想去，我一直不怕英文，完全是因為我小的時候，英文老師非常會教英文。

我小的時候在上海上小學。當時，我們小學三年級就上英文課了，英文就是級任導師教的。我念的小學，每位老師都會教英文，而且每週的每一天都有英文課，可是英文課都是很容易的。我總記得，老師每天都要考生字的拼法，一開始的時候，都是很簡單的字，如 dog, cat, father, mother，這類的字。的確有的同學不會拼 dog，可是第二天，老師又問了dog如何拼，最多三次，資質再怎麼不好的同學也會拼 dog 了。我

們那時候，這類練習是由老師將學生一個一個叫起來問的，答不出來有些丟臉了，多多少少要努力地背一下生字。

除此之外，老師還會叫我們回答簡單的問句，譬如：

Did you go to school yesterday？

就有人會說

Yes, I go to school yesterday.

老師會立刻糾正他的錯誤，因為這應該是過去式，正確的回答必須是：

Yes, I went to school yesterday.

我記得我們一開始老是忘記在動詞後面要加 s，也每次被老師糾正，要我們將正確的句子再念一遍，久而久之，這個習慣就養成了。我的老師的唯一秘訣就是反覆練習，而且我們一犯錯，她立刻糾正。我有生以來，就不會犯這種最基本的文法錯誤，絕不是因為我有語言上的天份，而是因為我的啟蒙老師一再地反覆練習，弄到我小學畢業的時候，我已經有了最基本

的英文文法觀念了。

　　有一件值得一提的事，我念的小學非常不重視考試，我們沒有月考、段考、期末考等等，回想起來，我幾乎不知道定期考試為何物。我剛到台灣念初中的時候，仍然不知段考的嚴重性，考試前玩得不亦樂乎，第一次段考成績一敗塗地，我才有所警覺。我小時候念的小學，不重視考試，但注重平時的反覆練習，這種教育方式，至少使得我們學生大多數時間沒有感到什麼壓力。

　　說到考試，我認為我們很多國中老師的英文考卷絕對太難了。最近各學校紛紛採用了民間編寫的英文課本，老師們就越考越難，對於初學英文的孩子們來說，這當然是很大的打擊。

高中時代英文老師反覆檢驗學生能力

　　我的高中英文老師，是師大附中吳協曼老師，他是出了名的兇老師。他每次上課，就先拿出點名簿子來問同學們問題。

他是抽查的，同學們一個個都提心吊膽，因為十有八九，他所
問的，同學都不太會。這一段每天例行的口試時間，全班鴉雀
無聲，一直到吳老師將簿子闔上，我們班上才恢復生氣。可是
他這種嚴格的教學方法，的確有用，如果他只有在月考的時候
才考我們，我不會學到這麼多的。

　　我在師大附中念高中的時候，有人告訴我在金門街有一位
美國修女在教比較高級的英文，我就去參加了。第一次由我媽
媽陪我去，大概媽媽怕我不會和洋人打交道，沒有想到發現我
根本就會講英文。我之所以會講英文，還不是因為我會寫英文
句子，只要會寫英文作文，當然就會講了。

大量閱讀英文雜誌與小說

　　那位美國修女叫做Sister Ronayne，她教*TIME*和*Reader's
Digest*，我當時選了*TIME*，因為我發現*TIME*的文章裡全是生
字，每一行至少一個，我這才知道增加英文生字的重要性。大

學期間，我也一直都讀TIME雜誌，直到了大學畢業，我始終認為TIME是天書，要查字典才懂。直到有一天我要睡覺了，順手拿了一本書，準備在睡覺以前隨便看一下，沒有想到的是，我居然拿了一本TIME雜誌，我才知道我已經很厲害的了。

我念的是電機，所有的教科書都是英文的，這一點對我很有幫助。後來，我又迷上了克莉絲蒂寫的偵探小說，當時我找不到中文的翻譯本，只好買原版的來看，這種大量閱讀英文的習慣，使我看英文書如同看中文書。如果我沒有大量閱讀英文書，而是靠教室裡的上課，我相信我到現在仍然不可能看得懂TIME雜誌的。

第 6 章　我如何教英文的？

我教英文，已有很長一段時間。教小孩子英文，總共有快20年的經驗了。這些孩子都無能力上補習班，所以由我來做義務家教，早些時期教的幾個孩子，都已大學畢業，有一位還是台北醫學大學畢業的，這幾位程度不錯，我從基本的地方教起，他們吸收得很好，所以我倒不覺得有什麼困難的地方。

　　但我仍然有一些感受，那就是文法書太難了，即使最容易

的文法教科書也都很難。

　　我在靜宜大學做校長的時候，有一天和一些外文系的教授吃飯，飯桌上，我胡言亂語，說我可以教英文最不好的學生。我當時是說著玩的，沒有想到外文系真的替我排課了，這下子我知道我完了。

大學生仍無法掌握基本文法

　　教大學生英文，我當然可以不理會任何參考書，因為他們學英文，不是為了應付考試。我也因此可以知道這些英文成績不好的大學生，究竟問題是出在哪裡。我很快地得到了答案，這些學生可以應付各種以填充題為主的英文考試，但是就是不能寫英文作文，一寫就錯誤百出。我也做了一些分析，發現這些學生所犯的錯全是非常基本的錯誤，我當時用了一本外國人所寫的英文文法，令我吃驚的是，這些文法書裡從來不提這些基本的文法規則。

　　所以我當時就開始自己編寫一套英文文法的講義，這本文法講義開宗明義就是把英文文法的基本規則歸納成以下的八條：

1. 兩個動詞不能連在一起用。

2. 如果一定要用兩個動詞，必須加 to，或者是在動詞後面加 ing。

3. 如果主詞是第三人稱單數，且時態為現在式，動詞必須加 s。

4. 絕大多數的否定句子，不能直接加 not。

5. 在不定詞 to 的後面，必須用原形動詞。

6. 英文中有所謂的助動詞，必須注意。

7. 絕大多數的英文問句要有助動詞。

8. 特殊動詞隨主詞而變化。

　　這一本講義一開始是我自己寫的，後來我邀請了靜宜大學外文系的海柏教授一起編寫，我們強調動詞，因為我們知道同

學們很容易在動詞上犯錯，我們也有很多的改錯練習。這份講義一開始放在網路上，沒有想到很多人喜歡，我們就決定出版了，這就是《專門替中國人寫的英文基本文法》，由聯經出版公司出版。正如這本書的書名所示，這本書在編寫的時候，常想到我們中國人所常犯的文法錯誤。

我不敢說念了我的文法書，你就從此不再會犯這些錯了。但是根據我的經驗，至少看過我的書的人，會對英文文法的基本規則，比較有觀念。

從讀、聽、寫三方面加強學生能力

到了暨南大學以後，我就開始教起英文來了。我教英文從三方面下手：

1. 增加學生的英文生字量。

2. 增進學生的聽力。

3. 提高學生的寫作能力。

先談教材，我的學生是大學生，當然教材要難一點，也要兼顧生動活潑，所以我就從以下幾個新聞媒體裡選文章：

New York Times（《紐約時報》）

Washington Post（《華盛頓郵報》）

Los Angles Times（《洛杉磯時報》）

TIME（《時代週刊》）

London Times（《泰晤士報》）

Newsweek（《新聞週刊》）

Economist（《經濟學人》）

Christian Science Monitor（《基督教箴言報》）

充分利用網路的便利性

我的教材都放在網站上，上課以前，我會先將課文念一遍，同學們可以先聽一次課文朗誦，我希望這樣做，可以增進同學們的聽力。我念得很慢，和外國人的速度完全不同，如果

一開始就請同學直接聽英文的新聞廣播，他們一定吃不消的。

我在資訊工程系教書，占了很大的便宜，我們有一種技術，可以使學生在網站上看到文章，我每念一句，那一句就會反白（變顏色），這種技術，可以使同學能夠看文章的時候，同時聽文章，而且他也會知道我念的是那文章的哪一句話。

每個禮拜小考

我每週教一篇文章，下一週開始上課，第一件事就是考試。考試中有好幾個項目，其中必考的是聽寫。聽寫分成兩部分：單獨生字和整段文章。我的原則是每週學生應該增加20-30個生字，而每一次我一定選20個生字來考他們。因為是聽寫，每次我念一個字，他們就寫一個字。整段文章也是由我來念，念得很慢，一次只念幾個字，念得太快或者一次句子太長，學生一定吃不消的。我認為念英文應該是細水長流的事，因此我每週考生字，但是考過的生字不再考。

學生每週交一篇作文

　　除了增加生字以外，我最重視的是學生的寫作能力：所有的學生在讀過某篇文章以後，必須寫一篇短短的作文來表示他的感想。我們有一個程式，同學們寫好文章以後，就會上載到網站上去，我會在家裡改這篇作文，然後轉回網站。改的過程全部錄音，所以我會一邊改，一邊念念有詞地解釋他的錯誤是什麼，比方說，有同學在 must 的後面用了 to，我就會將他罵一頓，這位同學事後當然會在網站上去看他被我改過的作文，而且也可以知道他錯在哪裡。

　　我將那些離譜的錯誤一概稱之為fatal error（致命的錯誤），同學們犯了這種錯誤，我會在旁邊註明FE（fatal error的簡寫），因為改的筆跡是紅色的，有些同學被我改得滿江紅，而且有一大堆的FE。很多同學都留下他開學時被我改的作文，然後也留下他在學期結束時所寫的作文，紅字會顯著地減少，FE

更加可能絕跡。

我會將所有同學所犯的錯列成一張單子，下一週向同學解釋錯在哪裡，當然也會說出正確的寫法。如果某位同學的錯太嚴重，有的時候就只好重寫了。

附錄二裡記錄了一大批同學們所犯的錯誤，也都已整理過了。

我這種教法有沒有用呢？我至少可以這樣說，我的研究生都可以上網去看CNN News和BBC News，有的幾乎可以不用查字典，有的只要稍微查一下即可。在過去，他們連BBC都沒有聽過，現在，上網去看BBC新聞，已是他們的習慣。

至於寫作呢？我不敢說他們寫英文作文的時候，絕對不犯文法上的錯，但至少錯誤少了很多。我的研究生和我通訊，一概必須用英文，久而久之，寫英文信件成了習慣；他們也要每週寫一份英文的報告給我，有些同學害怕出錯，寫得奇短，也

有些人長篇大論，研一的同學錯誤較多，研二的同學已很少犯
錯。

　　我規定每一位研究生必須週週去看一次BBC或CNN新聞，
每週也一定要將學到的英文生字記錄下來，附在報告裡給我
看，而且每位同學必須每週至少增加10個生字。我每週改學生
的作文，一開始我只有20位學生，現在有一百多位學生來上我
的英文課，每個週末，我改得死去活來，只好每週改一半學生
的作文。我教英文沒有什麼理論基礎，我只是相信一個學生，
如果每週增加20個生字，每週都寫一篇短文，也有人改他的作
文，而且還指出他的錯誤，他的英文沒有進步，那也是很困難
的了。

編一套理想的小學中學教科書

　　最近，我在教小孩子英文時面臨了一個很嚴重的問題：政
府宣佈小學也要教英文，同時又廢止了用了已經很久的國立編

譯館的國中教科書，我教小孩子的時候，國中第一課裡就有astronaut，後面還有advertisement這個字，我的弱勢學生完全跟不上，他的同學有人跟得上，全都是因為上補習班的緣故。

我因此決定出一套專門為上不起補習班的孩子寫的英文入門，這套書一定要有以下的幾個特色：

1. 有中文解釋。這一點非常重要，因為我國的英文教科裡一概沒有中文，因此也就一概沒有解釋，因為對初學者而言，我們無法用英文解釋英文的。

2. 這本書一方面有課文，一方面介紹英文的文法基本觀念，比方說，I am, You are, He is等等，都要一一介紹，I have, You have, He has也要介紹。

3. 這本書絕對不是「蜻蜓點水」，而是力求「小題大作」，也就是每一個英文文法的基本觀念都要詳細地介紹。

舉例來說，英文句子的否定句是怎麼寫的，這本書首先

介紹簡單的否定句句型，像 I am not, You are not, He is not 等等，然後再介紹必須加助動詞 do 的否定句子，像 I do not, You do not, He does not 等等。

4. 這套書必須有光碟，只要點一下，課本裡的字或句子就有發音可聽了。也有聽寫練習，光碟會念出單字，你打好字，如果對了，電腦就會恭喜你。

　　這套書是由文庭澍老師所寫的，我用這套書教過弱勢團體的小孩子，他們都感到很有成就感。因為這套書有中文，他們看得懂，最重要的是，這套書裡有大量的練習題，小孩子只要會做這些練習題，他們就很快樂了。

　　這套書裡有中翻英，我常常問我的寶貝學生，「他是我們的老師」怎麼說？一開始，他還有一點搞不清楚如何翻譯，經過反覆練習以後，我再問他這個句子，他就一副不耐煩的表情，我知道他已經會了，也就開始教下一課了。

第 7 章 如何學好英文？

在 這裡，我要作一個如何學好英文的結論。

1. 每一週選一段英文文章來念。

   選什麼文章，應該由你的程度來決定，但至少應該要使

   你增加10個英文生字。

2. 對於英文程度不太好的讀者，我建議你看英文經典小說
   的簡易本。

   英文的經典小說多得很，但都很難懂，而且非常長，因
   此很多經典小說被人改寫成了簡易本，不僅短了很多，
   而且用的字也簡單多了。狄更斯的每一本小說、《福爾
   摩斯探案》、《金銀島》、《簡愛》、《科學怪人》、《化
   身博士》等等，都有這類的簡易本。看了這些簡易本，
   至少可以向人家「吹牛」，說你已經看過了好幾本有名
   的英文小說。

3. 對於程度比較好的同學，我建議念英文的新聞媒體文
   章。

   你不妨從BBC和CNN網站上的文章念起。程度再高一
   點的讀者，可以看《紐約時報》（*New York Times*），
   《時代雜誌》（*TIME*）等等的文章，程度最高的人，應

該試試《經濟學人》（*Economist*）。看這些文章，絕對可以增加國際觀，因為這些報章雜誌相當重視國際新聞。

4. 每週看一篇英文文章，每週就可以增加10個生字。

你不必努力地去背這些字，因為背生字是一件很痛苦的事，但你應該將這些字一一鍵入電腦檔案，也同時註明日期，以後可以回過頭來看看這些生字，你一定會啞然失笑：為什麼當年連這些字都不會？也許有人會問，不背生字，怎麼會記得生字？其實你不需要硬去背它，以後如果再碰到這個字，如不記得它的意思，一定會再查一次，任何一個字，查了3次以後，應該就會記得了。如果一個字一輩子只出現一次，你當然不會記得，這種「稀有」生字，不記得有什麼關係？

以下是我一位學生某一週給我的報告中，所有的英文生

字，供大家參考。

civil service	Elmer Fudd
mellow	mogul
bummer	Looney Tunes
jarring	triad
jovial	relish
lowbrow	persona
high jinks	Mafia
slapstick	don
physicality	imprint
imprecate	comrade
overwrought	groom
double take	cameo
redden	forthcoming
emanate	pecuniary

bling bling	methanol
flashy	fiasco
choreographer	amour
bigwig	uncredited
well-trodden	hiatus
spoof	gash
heist	piss off
smooch	makeover
mortar	remake
breakaway	scout
scupper	parody
fluctuation	extra
anarchic	gory
clamp down	sumo
care of	pressing

infiltrate   euthanasia

slacken   blemish

spinmeister   pimple

obligatory

5. 一定要將文法的基本觀念搞清楚。

大家不要以為這是一件很簡單的事，我們的考試制度，

使我們在寫英文文章的時候，會錯誤百出，而且這些錯

誤都是絕對不該犯的。找一本簡單一點的文法書做為開

始，先將這些基本觀念建立起來，然後再念比較難的文

法書。

6. 必須常寫英文文章，也必須有人改你的文章。

你的英文文法好不好？你自己是無從知道的，唯一的辦

法是寫一篇英文文章，不要太長的，但是找人修改。修

改的時候，必須要能將你的錯誤解釋給你聽，使你不至

於再犯。

第8章　如何幫助小孩子
打好英文基礎

我們國家有英文雙峰現象，英文不好的孩子，都來自社經地位不好的家庭，他們家庭成員都不會英文，他們無錢上補習班，也無錢請家教。對這些孩子來說，英文往往是夢魘，很多小孩子從小就放棄，以後當然會吃大虧。

　　雖然要教會這些孩子的英文不是易事，但是，天下無難事，只怕有心人。我一直在教這一類的小孩子，成果也不錯，

我現在和大家分享我的一些經驗：

1. 反覆練習：

　　孩子對英文再沒有觀念，也經不起你一再地反反覆覆。就以拼法為例，如果你一再地問孩子cat怎麼拼，他再不聰明，也總有一天會記住的。

2. 教會學生自然發音：

　　這一點是非常重要的，因為小孩子如果不知道何謂自然發音，就一定不會拼。我曾經叫一個孩子拼father，他居然寫出了chair這個字，怎麼會呢？我研究了老半天，發現他雖然會發father這個音，卻不知道father這個字的發音其實分兩段：fa和ther。我索性做了一個實驗，趁他不備，問他mother怎麼寫，他居然寫下了father。

　　我花了一陣子教他如何能夠看字猜發音，從此他拼法大為

進步，因為他經常利用發音而猜字是如何拼的。

3. 多多練習中翻英：

對於很多學者而言，中翻英乃是大忌，因為他們都認為我們應該用英文來想。但是，根據我的經驗，對於一個初學英文的小孩子，你不妨口述以下程度的句子：

（1）我是一個男孩。

（2）我的爸爸不是老師。

（3）我昨天沒有上學。

（4）雨已經停了。

（5）我從未看過這部電影。

（6）他不喜歡游泳。

如果這個小孩子可以很輕鬆地應答，也不犯錯，他當然就會很有成就感。

這種練習也一定要反覆，絕大多數的孩子一開始都會覺得

這些句子不容易的,久而久之,他才會知道正確的講法。

4. 在文法上,一定要小題大作:

這恐怕是最重要的了。我們老師們不是沒有教英文文法,而是喜歡高來高去,反而對於學生的基本文法完全不注意,所以我勸各位老師對於文法上的任何一個基本規則都不可「蜻蜓點水」地略過,而必須「小題大作」。也就是說,同學們犯了基本文法上的錯誤,一定要鬧得不可開交,這樣他以後才不會犯這種錯誤。

5. 少考試,多做口頭練習:

我們教小孩子英文的時候,應該盡量用口試、而不要用筆試,所謂君子動口不動手也。我最近在教幾個孩子英文,每一節課的開始,我都會請他們口頭翻譯類似下列的句子:

(1)我昨天沒有去學校。

（2）我還沒有寫完報告。

（3）他從來沒有去過美國。

（4）我的爸爸不喜歡音樂。

（5）我昨天買了三本書。

大家千萬不要看不起這些簡單的句子。對初學者而言，要很正確的翻譯這些句子，並非易事。有好幾次，我的學生會脫口而出："I was not go..."，被我罵了幾次，就會用 "did not" 了。

為什麼用口試呢？一來這可以使學生有成就感：前些日子，我的學生對於這些句子，還是在「亂講一氣」的階段，現在已是進入「絕不犯錯」的境界，他們當然「小人得志」矣！二來可以使同學們自然而然的會講英文，而且是沒有錯的英文。三來可以糾正學生的發音。

6. 一定要向孩子解釋錯誤在哪裡：

　　學生犯了錯，我們做老師的，不能只在考卷上打一個X就算大功告成，我們絕對應該盡力解釋給學生知道究竟是什麼錯，只有這樣，才不會一犯再犯。

附錄一：第一章解答

When I __was__ （be） ten years old, I _was given_ （give） a bicycle __to ride__ （ride）. I __was thrilled__ （thrill）. I, of course, __rode__ （ride） it to school then. Besides, I suddenly __became__ （become） very diligent. Before I _had_ （have） the bicycle, I _was_ （be） quite reluctant __to buy__ （buy） things for my mother because I _had_ （have） __to walk__ （walk）. Now, since I __had__ （have） a bicycle, I would _buy_ （buy） things for her with great enthusiasm.

＊＊＊＊＊＊＊＊＊＊＊＊＊＊＊＊＊＊＊＊＊＊

My Ph.D. advisor _is_ （be） a blind person. He _has been_ （be） blind ever since he _was_ （be） eighteen years old. Yet, the _losing_ （lose） of rights _has not hurt_ （not hurt） him as he even _got_ （get） his Ph.D. degree from M.I.T. All his life, he _is_ （be） a pleasant person and always _interested_ （interest） in many things. He rarely _asks_ （ask） for sympathy because he _doesn't believe_ （not believe） that sympathy _works_ （work）.

＊＊＊＊＊＊＊＊＊＊＊＊＊＊＊＊＊＊＊＊＊＊

I __have been__ (be) __interested__ (interest) in mystery novels ever since I __was__ (be) a child. At the very __beginning__ (begin), I __focused__ (focus) on Sherlock Holmes. As I __grew__ (grow) older, I __noticed__ (notice) the existence of Agatha Christe. I must __admit__ (admit) that to me, she __remains__ (remain) the greatest detective story writer in the world. Lately, I __started__ (start) __to read__ (read) mystery novels __written__ (write) by John Dixon Carr. His novels __are__ (be) definitely the most __baffling__ (baffle) ones.

87

附錄二：英文錯誤句子分析

一、主詞、動詞不協調（subject and verb disagree）

1. I has played violin ever since my childhood.

   → I 應該用have: I have

   → played violin 應該用played the violin。樂器前面都要
   加 the：play the piano, play the guitar。

   球類前面不加 the：play basketball, play baseball,
   play badminton。

2. He have stayed in this city ever since he was a child.

　→ he 應該用 has

　→ stay是個誤用的字，意思是短暫停留，你可以說stay in the hotel，這裡應該用has lived。

3. Your brother were seen by me yesterday.

　→ brother是單數，動詞應該用was。

4. No one think...

　→ no one 和nobody後面動詞都要加 s：No one thinks...

5. Microsoft get rid of...

　→ 微軟是公司名字，後面動詞要加 s：Microsoft gets rid of...或用過去式：got rid of...

6. Everyone like him.

　→ everyone（每個人）是單數名詞，後面動詞要加 s：Everyone likes him.

7. Their operating system often crash down.

→ Their operating system是單數名詞，雖有often在中間，不要忘了crash要加es。

8. Novels is readed by Paul frequently.

→ Novels是複數名詞，後面be動詞要用are。

→ read的過去分詞是read，這是典型沒有背好動詞三態變化的實例。

9. This make the U.S. hard to intercept them.

→ this是單數，後面動詞要加 s。

10. Microsoft get their business.

→ get要加 s 或用過去式 got。

→ their 改為 the。

11. The article refer to a new idea.

→ refer 加 s。

12. The operating system and application software usually does not have a clear boundary.

→ 這兩件事加起來是複數，does要改為do。

13. Many treaties was signed.

→ treaties是複數，was要改為were。

14. They adds the application software into their operating system.

→ they後面動詞不能加 s。

15. The leaders now seems ready to compromise.

→ seem不能加 s。

16. I am late because I were sick last night.

→ I 後面be動詞用was。

17. My skill make me to be able to participate many competitions.

→ make要改為makes。

→ My skill makes me to be able to...可改成My skill allows me to...或My skill enables me to...。

18. Two world wars was stated there.

→ was應該用were。

→ there 改為in there，兩次世界大戰被陳述在那裡面。

19. The windows system usually have problems.

→ have應該用has。

20. Can farmer whom grow coffee to raise the price？

→ farmer 應該用複數 farmers。

→ farmer 是主詞，不是受詞，whom要改為 who。

→ who grow coffee 是句子。raise才是farmers真正的動詞，不能加 to。

→ Can farmers raise the price？ 什麼樣的 farmers？ farmers who grow coffee 種咖啡的農夫。

21. He never like you. Neither do his brother.

→ like要加 s。

→ 他的哥哥也不喜歡Neither does his brother.

二、Be動詞和動詞相連

1. This is also give the EU a full-time president.

   → give是動詞，This also gives...不必加 is。

2. Everyone is enjoy music here.

   → enjoy是動詞，Everyone enjoys music.不必加 is。

3. This is belong to me.

   → belong是動詞，不必加 is。 This belongs to me.

4. It was disappear.

   → disappear 不是形容詞，是動詞。It disappeared.

5. I am agree with you.

   → agree是動詞。I agree with you.

6. The U.S. will be spent a lot of money on education.

   → spend是動詞，不能加be動詞。will助動詞後面用原形
   動詞spend。

   The U.S. will spend...

7. Small software companies are not keep alive.

    → keep是動詞，不能加be動詞。

    Small software companies cannot keep alive.就通順
    了。

三、被動語氣（the passive voice）用錯

1. European leaders leaded by...

    → European leaders were led by...（lead, led, led）

2. He likes by every one.

    → He is liked by everyone.

3. The event can predicted.

    → 事情是能被預測的：The event can be predicted.

4. If the European constitution approved by the member
    states...

    → If the European constitution was approved by its
    member states...

5. Everyone was surprising about...

    → Everyone was surprised about...每一個人因某件事受驚。

四、詞類混淆

1. He suggested to cut in the subsidy.

    → suggest後面要用動名詞 v ＋ ing；不能用不定詞 to ＋ verb

    He suggested cutting subsidies to farmers.他建議裁減對農夫的補助。

2. This is a country which producing rice.

    → This is a country which produces rice. which produces rice是the country的子句，which代表the country。

3. This is a country which product rice.

→ produce（生產）是動詞。product（產品）是名詞。

4. Especially makes people sad is the monopoly.

→ make people sad動詞不能當做主詞用，需改為What especially makes people sad...

5. Can farmers who growing coffee raise the price？

→ who grow coffee 是形容 farmer 的子句，要用動詞 grow。

6. Russia has improving its missile system.

→ 現在完成式，has improved。

7. They can attraction many customers.

→ can 後面應該接動詞 attract。

8. Do a lot of exercises makes him becomes quite strong.

→ do a lot of exercises 是「做習題」的意思，「做運動」是exercise。exercise是動詞，當主詞要用動名詞 exercising。

→ make與let後面都用動詞原形：make him become, let me see。

這句應改為Exercising makes him become quite strong.

9. These companies can hardly life.

→ life是名詞，此句應改為動詞 live。

五、缺動詞

1. Many companies hard to live.

→ 應改為Many companies are hard to live.

2. He more poor than before.

→ 應改為He is poorer than before.

poor只有一個音節，比較級加 er即可。

3. The operating system often work done.

→ 應改為The operating system often has its work done.

4. The war because of President Bush's wrong decision.

   → 應改為Because of President Bush's wrong decision, the war exploded.（爆發）

5. This war due to the fact that President Bush wrong decision.

   → due to就是because of 的意思。

6. He been to the U.S. last year.

   → 應改為He went to the U.S. last year.

六、時態用錯

1. No one has thought that Russia improving its missile system.

   → 應改為No one thought that Russia had improved its missile system.

2. European Union leaders had revive their proposals.

   → 應改為European Union leaders have revived their proposals.

3. He has calling his mother when I visited him yesterday.

　→ 應改為He was calling his mother when I visited him yesterday.

4. He has swim every day.

　→ 應改為He swims every day.

5. I do not read the paper assigned to me.

　→ 應該是I did not read the paper assigned to me.

6. Years ago, Europe is not a peaceful place at all.

　→ 應該用過去式：Years ago, Europe was not a peaceful place at all.

7. I have not met your father last night.

　→ 應該用過去式：I did not meet your father last night.

8. I watched TV when the horrible earthquake occurred.

　→ 這句話應該是：I was watching TV when the horrible earthquake occurred.

附錄三：技職生英文差
應先檢討義務教育

品質未管制 進入技職體系才要求提升英文 簡直強人所難

昨報載，技職體系學生英文有嚴重的問題，八成新生初級英檢不及格，這表示這些已經是大學一年級的新生，英文程度連國中生都比不上。

對於這個問題，教育部所採取的措施非常標準化，去年二月就已經推出提升學生外語能力的計劃，各個大學也都有提出申請計劃。但是這種補助，對於已經招收到好學生的大學當然有用；對於只招收到程度差的學校而言，這種補助，恐怕不會

有什麼結果。原因很簡單，如果英文程度連國中生都不如，大學教授如何幫得上忙？

　　根據聯合報的報導，很多學生根本對於拼音，毫無觀念。通常程度夠水準的學生，看到一個英文字，大都可以猜到它的發音，而且正確的機率很高，即使沒有完全猜對，也八九不離十，念出來外國人也可以聽得懂，如果大學生還要用「壁虎」來背 "beef"，或者「妹婿」來背 "mesh"，情形就很嚴重了。

為什麼有這麼多技職體系的學生英文不好？

　　首先要責怪的是我國的義務教育沒有任何品質管制，我們的教改一再強調我們的學生應該快樂地學習，而從不重視大批國中生程度低落到了驚人的地步。這些學生，也許不能升入非常好的高中或高職，但是，以目前高中職供過於求的情況來看，不論你英文程度有多差，一定可以升學。至於大學（包括技職院校），又是名額奇多，所以這批同學就順利地進入大學

了。在這個時期，我們舉辦了這種英語檢定，實在是殺風景的事。

也許有人會問，國中英語沒有念好，高職為什麼沒有將他們補救過來？這又牽涉到我國高職體系教育上的一個基本問題，高職原來是職業學校，因此過去不是以升學為導向的，當然也不可能注重英文教育，最近高職教育的目標有了顯著的改變，學生對於技術其實興趣不大，只想畢業後繼續升入技術學院或者科技大學，但是高職的課程卻又無法跟著調整，英文雖然已經比過去受到較高的重視，但是高職的英文老師顯然無法將他們學生的英文程度大幅度地提高。

教育部希望技術學院和科技大學能提高他們學生的英文程度，恐怕是強人之所難。關鍵仍在於國中的英文教育。教育部說要對於英文教學不彰的學校不再給予補助，等於施以薄懲，這實在冤枉了這些學校，該檢討的不是這些學校，該檢討的是我國的教育制度，如果我們對於義務教育沒有品質管制，我們

將來永遠會有大批英文程度差的學生進入大學的。

國小英語既已開跑，即須注意最基本能力的達成

　　技職體系的學生英文程度差，使他們吃虧很大，我們當然不能等他們到了大學再設法補救，因為那時為時已晚，我們必須在國中就注意。由於政府已經施行小學就教英文的制度，我在此再次呼籲教育部趕快訂出國小各年級和國中各年級的英文最低程度，舉例來說，教育部至少應該訂出國小各年級的英文生字以及最基本的文法觀念，國中也是如此，然後責成各級學校務必使他們的畢業生到達這個最低標準。

　　我前些日子遇到了一個小學五年級的學生，他硬是不認識26個英文字母。他對此毫不在乎，因為反正學校一星期只上兩節英文課，班上的確有同學英文很好，他不在乎的原因是老師完全不管他們會不會，英文沒有考試，老師早就放棄了班上的一些同學，他真的不知道他將來到了國中一年級的時候會遭遇

到很大的麻煩。

　　教改的成就是廣設高中和大學，孩子們程度差，仍有學校念，可憐的是，他們將來畢業了以後，忽然發現自己根本沒有競爭力，心裡一定非常沮喪。我們的教育政策一定要修改了。對於功課不好的孩子，我們一定要注意他們，使他們功課好一點，不能隨他們胡亂畢業，然後將他們胡亂地升入一所高中，然後胡亂地升入大學，大學文憑拿到了，發現自己什麼也不會，豈不是受了騙？

105

程度不好的孩子，應該用比較簡單的英文課本

　　我們的英文教科書沒有顧到程度不好的孩子，乃是一大敗筆。一旦發現有些程度不好的學生，就應該用比較簡單的英文課本，而且從最基本的教起，如此一來，至少那些孩子會有一些成就感。

　　我最近發現，有很多高職和專科學校用非常難的英文教科

書，那些老師們叫苦連天，因為他們根本無法使學生吸收這種程度的英文，但是學校的校長們不服輸，他們認為如果要求學生念很深的英文，顯示他們學校重視英文，他們也相信只要教科書很難，學生的程度就會提高。

有些學生英文差是不爭的事實，英文雙峰現象為時已久。想要對症下藥，不妨從減輕學生負擔開始，我們看到英文不好的同學，不應再考他們很難的英文，而要用反覆練習簡單的句子開始。再笨的學生，一旦老師反覆練習簡單的句子，他一定會學會的。簡單的句子弄懂了，生字慢慢多了起來，孩子們的信心就有了，至少他們不會那麼地害怕英文。

如果我們仍然用同一種英文教科書，我們全國仍然採取同一進度在教英文，我們其實在放棄很多的弱勢學生，這些學生沒有錢去上補習班，請不起家教，也沒有爸媽或其他親人教他們。我們對不起他們。

【2004-04-05/聯合報/民意論壇】

附錄四：英文糟
大學教授也救不了

教育部長杜正勝對大學生英文程度作了一種願望性的宣示，他希望在民國96年，50%的大學生會通過全民英檢的中級程度；同年，50%的技術學院學生可以通過全民英檢的初級程度，我雖然歡迎杜部長對於英語能力的重視，我仍然希望部長從另一個角度來看這個問題。

首先，我認為大學生（包含技術學院的學生），如果英文程度非常不好，大學教授是無技可施的。因為大學教授的專長，

並不是教普通的英文。

大學生英文有多差？我建議政府做一個簡單的測驗，請同學們翻譯一些簡單的中文句子，或將一些不太難的文章翻譯成中文，我敢擔保，只有極少數的同學可以在中翻英時，不犯文法上的基本錯誤。至於閱讀的能力，不要說看紐約時報了，就看國內英文報紙，絕大多數的學生都有困難。我們理工科教授最近發現很多大學生，根本無法看英文的教科書，更無法看英文的學術論文。有一位明星大學的畢業生，居然不認識university，同一學校的畢業生，不會念engineering。

問題在國高中英文教育

問題不在大學教育，在於國中和高中，部長應該知道有四分之一的國中畢業生，基本學力測驗的分數不到88分。試問，這些同學的英文程度夠好嗎？這些學生一定有高中、高職可念，他們也都可能進入大學或技術學院，在這種情況之下，大

學以及技術學院之中，當然會有很多英文程度不好的同學。

菁英教育 又要放棄他們

我們討論大學生的英文程度，而一字不提國中生的英文程度，大概是將注意力集中到那些英文程度還不太差的同學那裡去，至於程度太差的，教育部好像要放棄他們。我知道這是必然的結果，整個國家就是只注意菁英教育。教改就是由菁英份子替菁英份子設計出來的。

下有對策 仍然人人畢業

我更希望教育部知道，教育部一旦宣示了對英文的重視，各級學校校長們的反應，一定是宣佈一些華而不實的政策，某某大學會說學生一定要通過某某英文檢定，才能畢業；但是他們心知肚明，他們大多數的學生是不可能通過這種檢定考試的，因此他們在辦法上留有但書，也就是這種學生必須選修某

種高階英文課，校長們都知道，這種課，絕大多數的學生都會及格的，所以這種政策之下，最後仍然人人都畢業了，好者恆好，壞者恆壞。

技術學院 課本會變得很難

技術學院的校長們也會忽然將英文課本變得很難。他們認為將來萬一有人來參觀，一看到如此難的英文課本，立刻佩服得五體投地，至於學生懂不懂呢？他們也管不了。我常碰到一些技術學院的老師們向我抱怨英文課本太難，根本忽視學生程度差的事實，學生們學不會，老師們有無力感，但是至少這所學校給了外界一個重視英文的印象。

務實做法 打好學生基礎

當務之急乃是在於各校發展出一種「務實」的英文教學辦法，即注意學生的程度。前些日子，我注意到在信義鄉的一所

小學，那裡的校長選了一批英文句子，每一周學生都要背一些
英文句子，這些句子每周會公佈出來，如此一年，這些孩子至
少在畢業之前，能夠背出相當多的生字，也能背很多的英文句
子，這種做法，就是我所謂的務實做法：注意學生的程度，打
好學生的基礎。

三年以後 差的可能更差

如果我是教育部長，我不會在乎一所學校有多少英文好的
學生，而會在乎一所學校有多少英文奇差的學生。好的教育
家，永遠是要將最低程度拉起來的，只會教好天才的人，根本
不配被稱為是教育家。目前，很多學校，雖然有大批同學程度
奇差，校長也不在乎，因為他只要有少數頂尖的畢業生能考上
明星學校，他就可以向社會大眾交差。

所以，也許在三年以後，的確有更多的學生英文進步了，
但是由於校方傾全力教那些有潛力的學生，那些英文程度不好

的學生可能程度更加低落了。

我的願景 提高最低程度

我還是要老調重彈，頂尖學生的英文程度不夠好，也許值得我們重視；但是英文的最低程度，才是一切問題之所在，也是我們最該注意的事，他們將來不要談是否有國際觀，因為英文差，一路都跟不上，變成了毫無競爭力的一群，收入一定會低。他們的潛力也永遠不能發揮，永遠是弱勢，這才是教育部長該注意的事。也許部長應該定出一個願景，將我們學生的英文最低程度，能夠逐年的提高。

【2004-09-09/聯合報/民意論壇】

Linking English
學好英文沒有捷徑

2004年10月初版　　　　　　　　　　　　定價：新臺幣150元
2009年10月初版第十二刷
2017年4月二版
2019年10月二版二刷
有著作權・翻印必究
Printed in Taiwan.

著　　　者	李　家　同
叢書主編	何　采　嬪
校　　　對	林　慧　如
封面設計	陳　泰　榮
封面攝影	張　良　綱
編輯主任	陳　逸　華

出　版　者	聯經出版事業股份有限公司	總 編 輯	胡　金　倫
地　　　址	新北市汐止區大同路一段369號1樓	總 經 理	陳　芝　宇
編輯部地址	新北市汐止區大同路一段369號1樓	社　　長	羅　國　俊
叢書主編電話	(02)86925588轉5317	發 行 人	林　載　爵
台北聯經書房	台北市新生南路三段94號		
電話	(02)23620308		
台中分公司	台中市北區崇德路一段198號		
暨門市電話	(04)22312023		
郵政劃撥帳戶第	0100559-3號		
郵撥電話	(02)23620308		
印　刷　者	世和印製企業有限公司		
總　經　銷	聯合發行股份有限公司		
發　行　所	新北市新店區寶橋路235巷6弄6號2F		
電話	(02)29178022		

行政院新聞局出版事業登記證局版臺業字第0130號

本書如有缺頁，破損，倒裝請寄回台北聯經書房更換。　　ISBN　978-957-08-4933-2 (平裝)
聯經網址 http://www.linkingbooks.com.tw
電子信箱 e-mail:linking@udngroup.com

國家圖書館出版品預行編目資料

學好英文沒有捷徑 / 李家同著 .
二版 . 新北市 . 聯經 . 2017.04
120面；14.8×21 公分 . （Linking English）
ISBN 978-957-08-4933-2(平裝)
[2019年10月二版二刷]

1.英語 2.學習方法

805.1 106004691